U0043653

今晚有猫伴身邊

YORU HA
NEKO TO ISSHO
KYURYU Z

④

咕嚕 Z

Contents

風太
社會人士

兄妹

小P
學生
風太的妹妹

咕嚕加
長腿的曼赤肯貓

沒有心情玩的貓

到處都找不到咕嚕加。

咕嚕加~你在哪~？

叫牠名字也不出來。

感覺應該在桌子底下？

不在這。

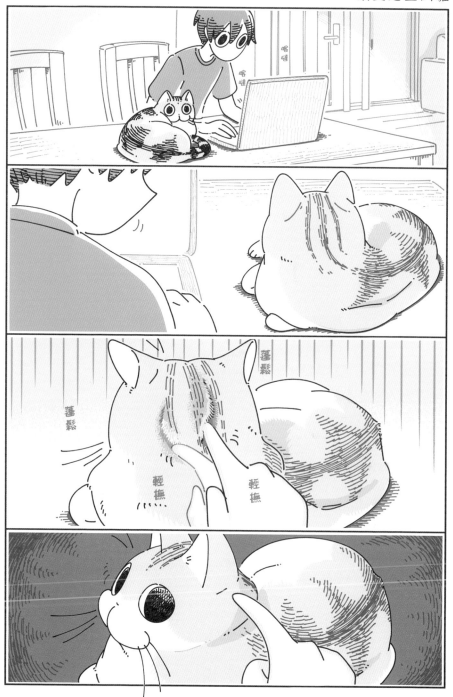

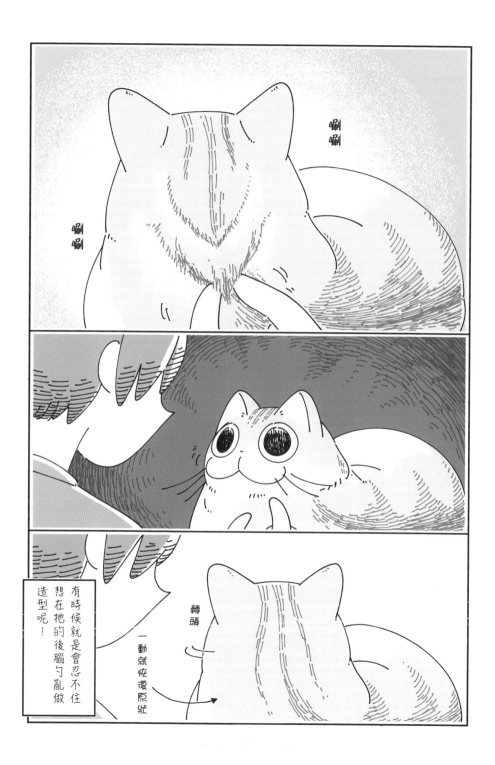

鎖定目標的貓

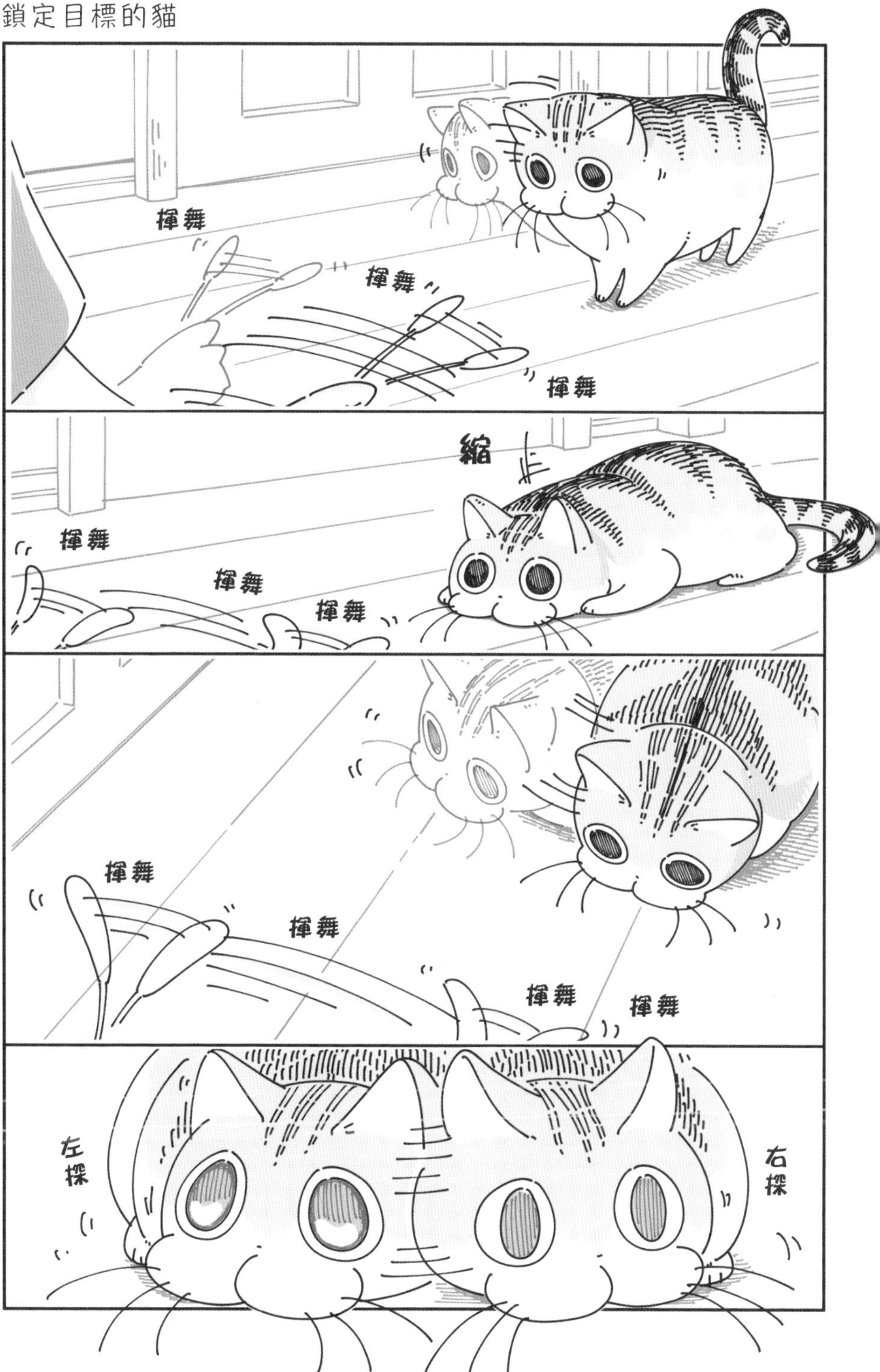

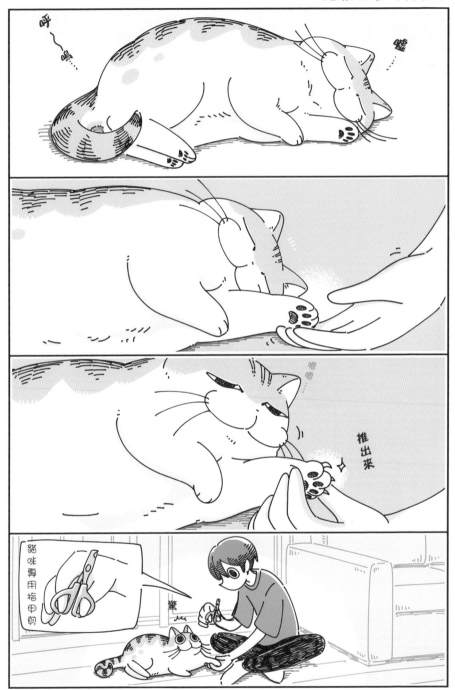

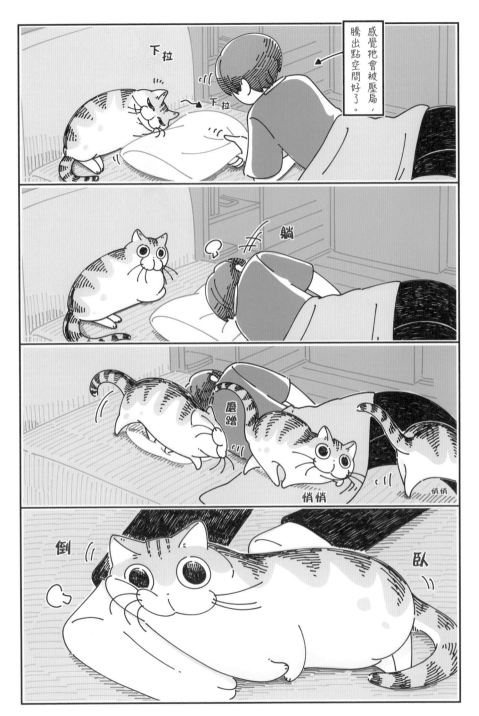

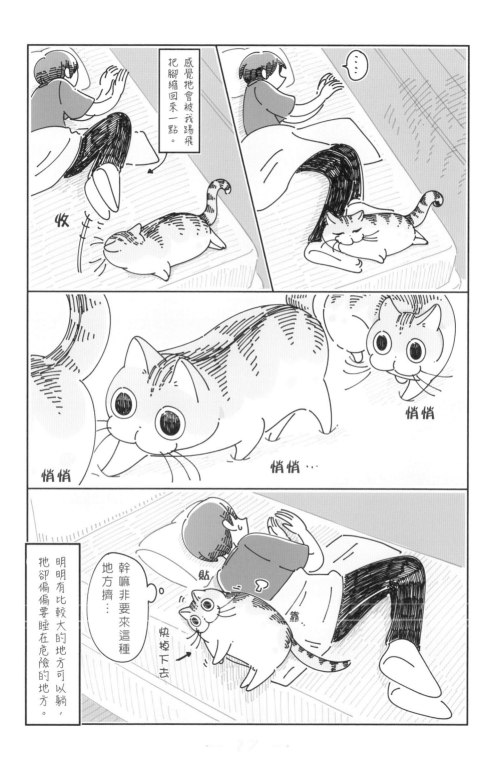

每當有人在拍照時，

咕嚕加偶爾會過來一起入鏡。

倒臥

移…

但是真的要拍牠時又會被拒絕。

踢開

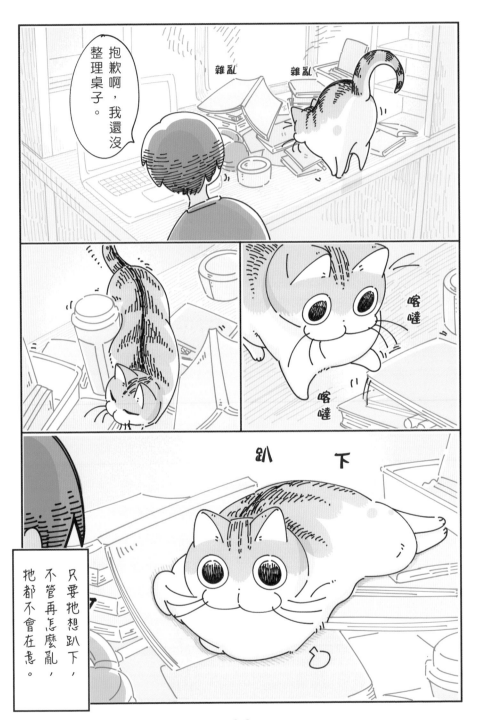

喀嚓

椎

不可以唷。

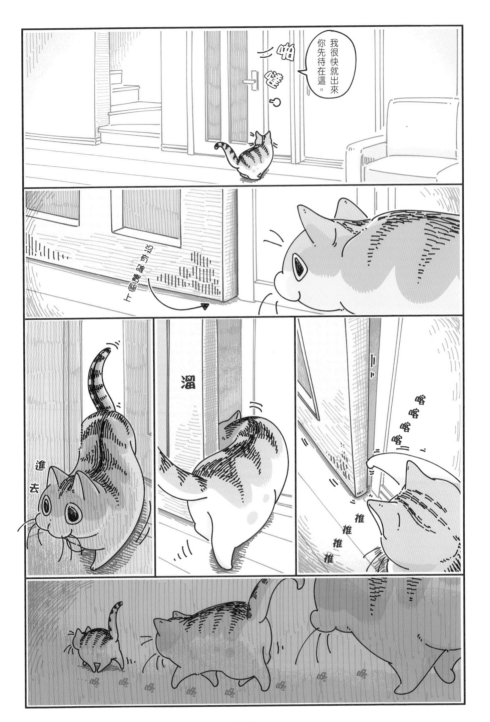

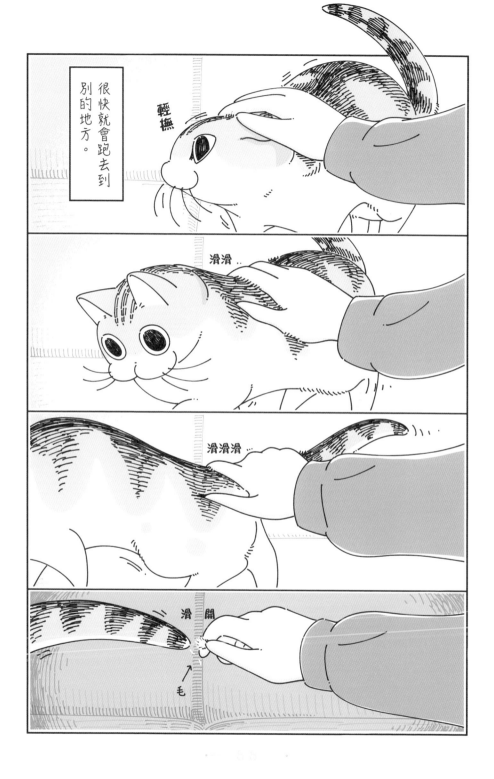

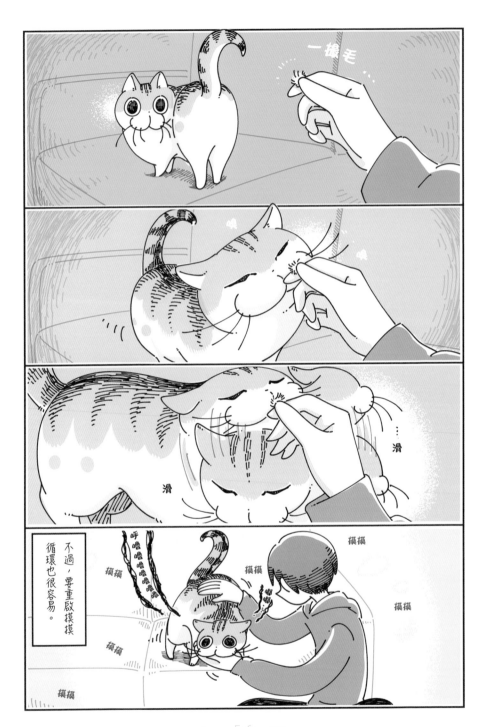

伴身邊 有貓 今晚

4

首刷限定
特製貼紙

YORU HA
NEKO TO ISSHO
KYURYU Z

©kyuryuZ 2022_KADOKAWA CORPORATION

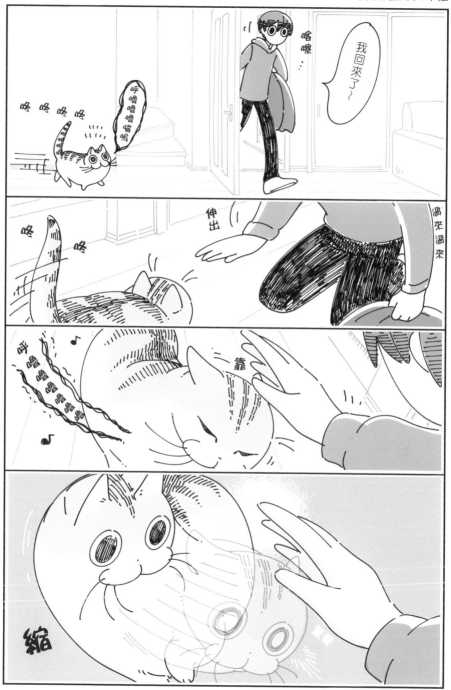

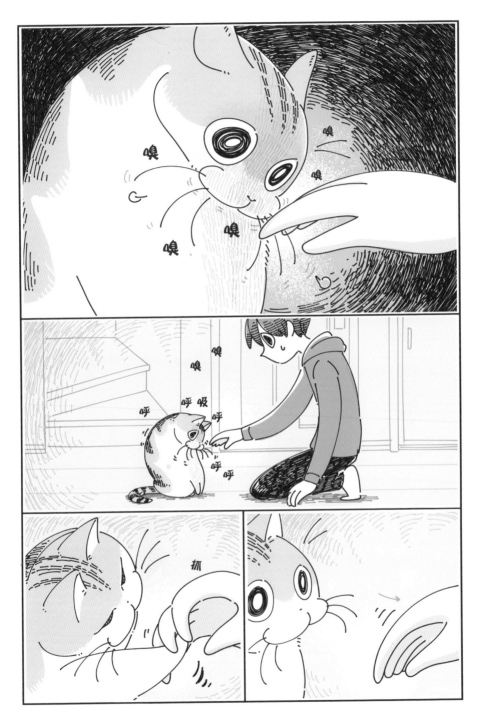

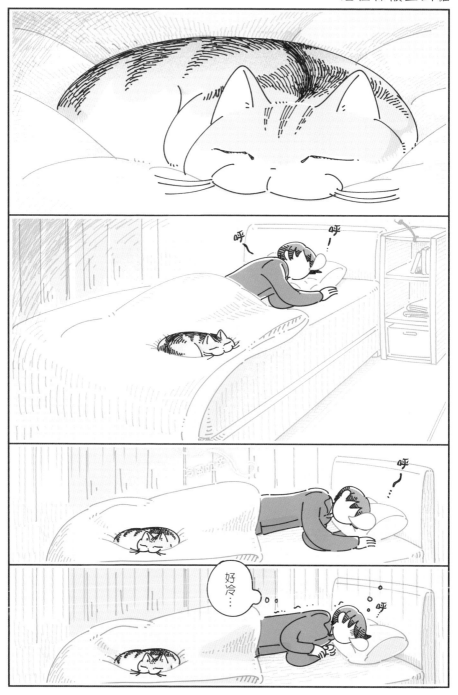

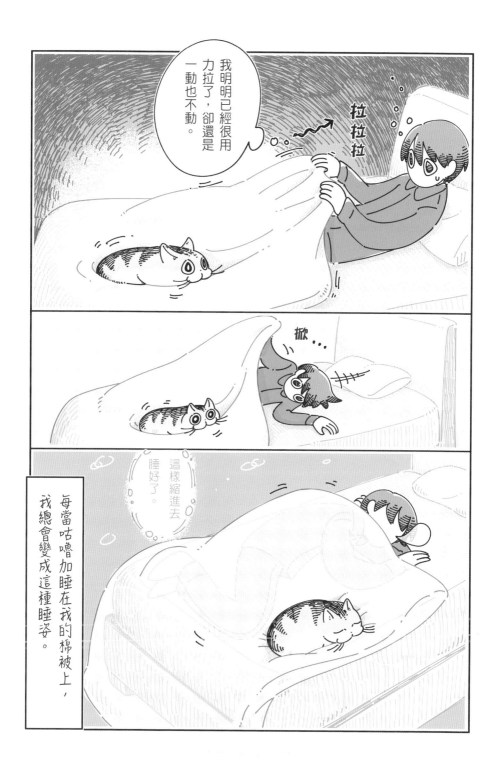

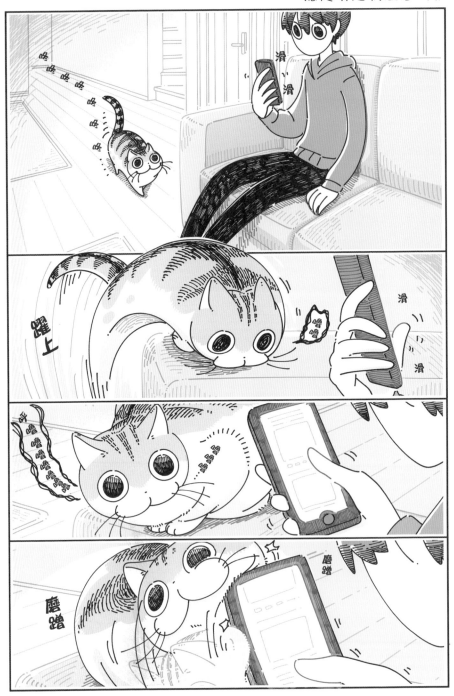

踩

亮出

抬起來

好痛…

來剪指甲吧！

每當咕嚕加來找我撒嬌時，我總會發現到牠的指甲太長了。

雖然有點麻煩，也不至於到不能繼續看。

茸茸毛

而且勉強還算可以翻頁。

呼呼

翻

還可以順便摸摸牠。

就先暫時這樣吧！

摸摸摸

呼嚕嚕嚕嚕

可是，這樣一來，每一頁都夾到了不少貓毛。

薄浴

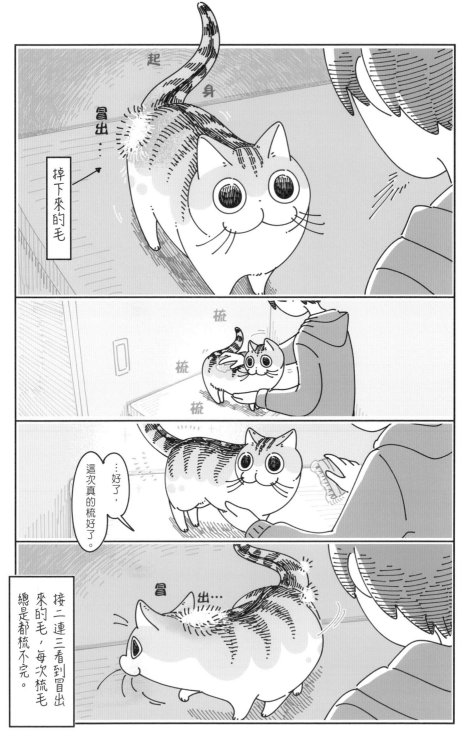

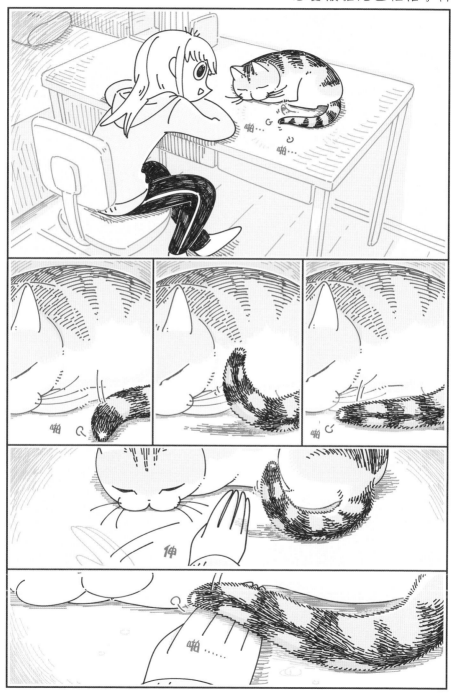

活潑
活潑
活潑
活潑
活潑
活潑

動物醫院

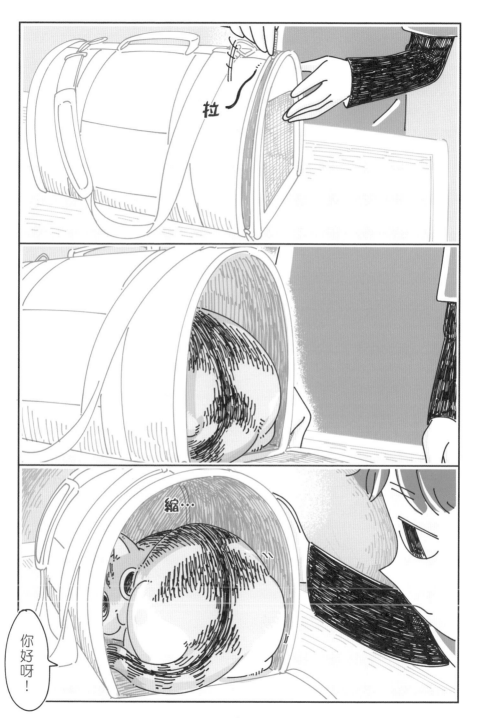

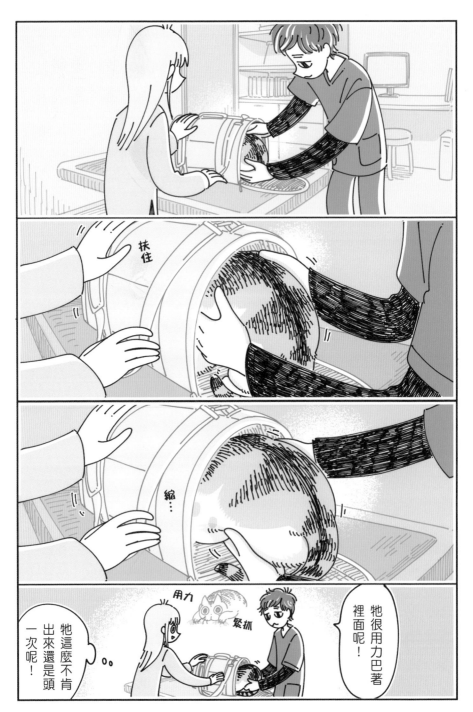

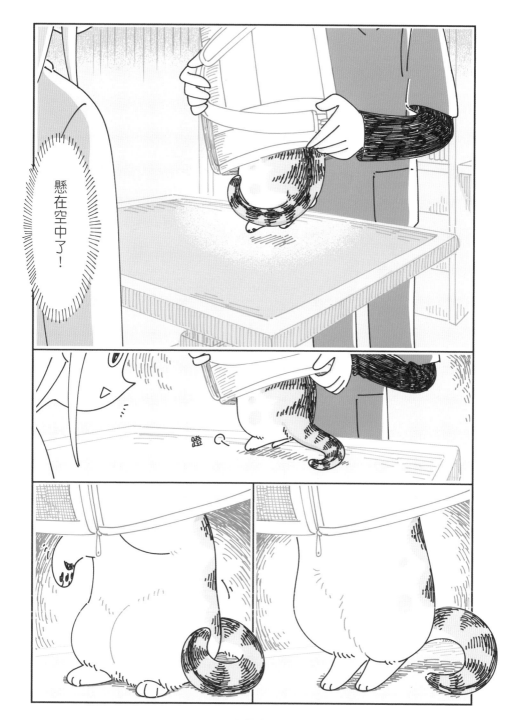

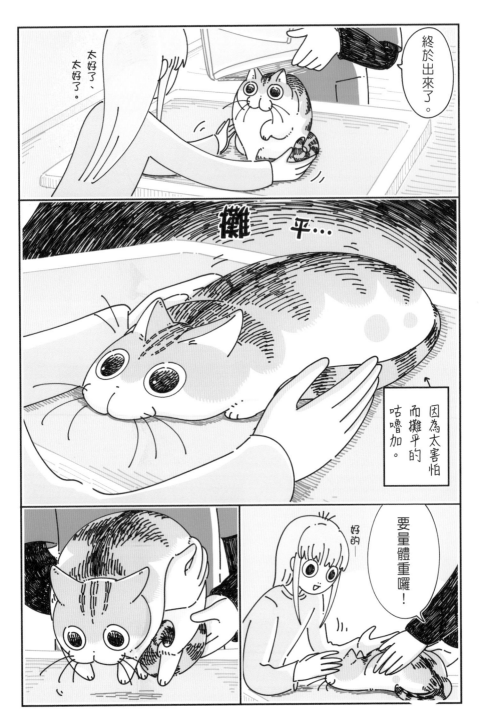

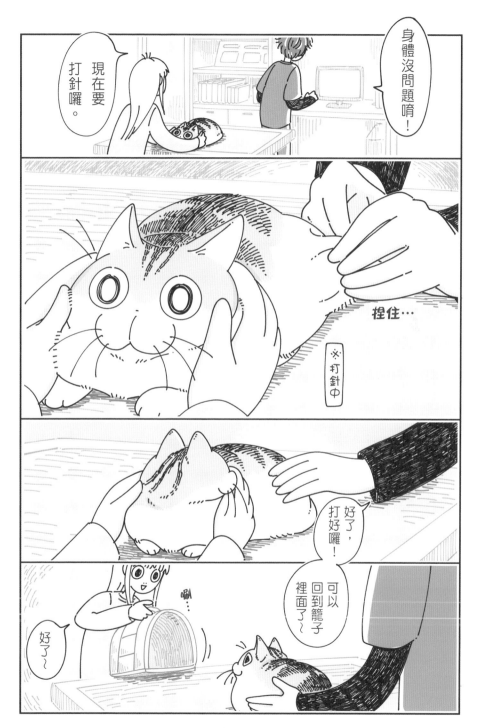

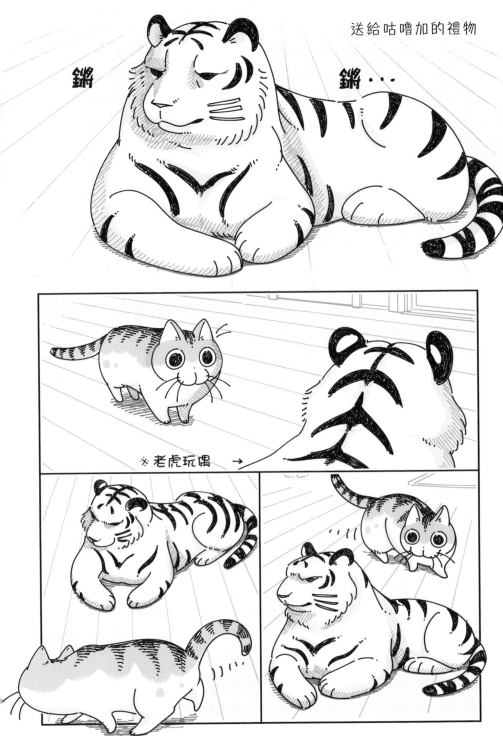

送給咕嚕加的禮物

※ 老虎玩偶 →

可是到了後來，

好像也沒有特別喜歡老虎的樣子。

放到靠牆的位置
咚咚咚咚

在不知不覺間老虎就成了擺飾。

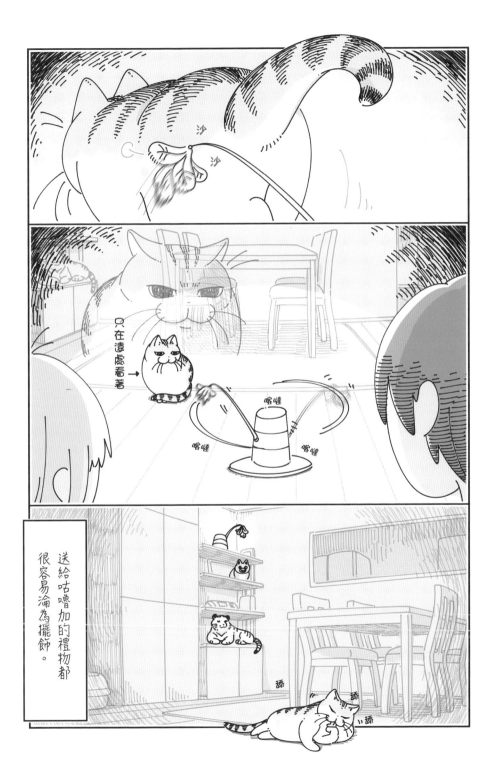

沙
沙

只在遠處看著 →

喀噠
喀噠
喀噠

送給咕嚕加的禮物都很容易淪為擺飾。

舔
舔
舔

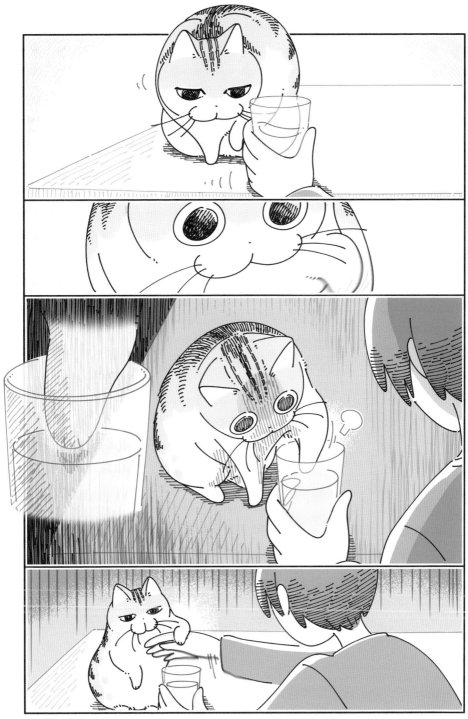

感謝大家閱讀到最後！

作者：咕嚕Z
譯者：林慧雯
責任編輯：蔡亞霖
設計：Dinner Illustration
發行人：王榮文
出版發行：遠流出版事業股份有限公司
地址：台北市中山北路一段11號13樓
劃撥帳號：0189456-1
電話：(02) 2571-0297
傳真：(02) 2571-0197
著作權顧問：蕭雄淋律師
2023年8月1日 出版一刷
定價：新台幣320元
缺頁或破損的書，請寄回更換
有著作權‧侵害必究 Printed in Taiwan
ISBN：978-626-361-133-7
遠流YL 博識網 http://www.ylib.com E-mail：ylib@ylib.com

YORU HA NEKO TO ISSHO 4
© kyuryuZ 2022
First published in Japan in 2022 by KADOKAWA CORPORATION, Tokyo. Complex
Chinese translation rights arranged with KADOKAWA CORPORATION, Tokyo through
BARDON-CHINESE MEDIA AGENCY.